당신은 나로부터,
떠난 그곳에 잘 도착했을까

성윤석 산문집

당신은 나로부터, 떠난 그곳에 잘 도착했을까

쌤앤파커스

이건 무엇으로 만들어졌을까. 만나는 사물마다 그 재료를 찾기 위해 염탐하는 버릇을 늘 가지고 있었다. 옷을 만드는 원단을 보면 냄새도 맡고 만져도 보고 급기야 한 올 태워 보기도 한다. 검은 연기가 나면, 인간이 합성시킨 것이야, 흰 연기가 나면 이것은 자연에서 온 것이야, 깊은 의문을 가지다가 마침내 혼자 중얼거린다. 이상한 습관이다.

흩어져 있던 문장들을 묶었다. 비 오고 눈 내리는 날과 햇빛 찬란한 아침, 달밤 등 많은 날씨 속에 겹쳐져 있었던 어떤 순간들을 기록한 것들이다. 책 속에 든 문장들의 재료들을 생각하면 어떤 땐 얼굴이 홧홧거리고 부끄럽다.

아마 나라는 인간을 합성시킨 재료들을 태우면 검은 연기가 날 것이다. 그러나 부디, 읽는 이의 마음속에서는 나를 만든 차디찬 이 문장의 원자들이 안주하기를 원한다.

나는 열여덟 살에 출세보다는 가난한 시인이 되고 싶었고, 스물다섯에 시인이 된 후 서른 하나에 첫 시집을 냈다. 시집을 내고 난

뒤엔 안정적인 직장을 버리고 사업을 했다. 한동안 시도 버렸다. 사업하다가 부도를 맞은 후 다시 시를 썼다. 이번 산문집은 시집에 담지 못한 글들이다. 늘 혼자 있다가, 사람 속으로 걸어 들어가 보고 싶다는 생각들이 여기에 온전히 담겨 있다.

사람, 사람보다 더 좋은 문장은 이 세상에 없다.

2021년 겨울 성윤석

목차

1

바닷가우체국

내게 아름다운 사람은

해바라기 한 그루쯤 서 있고 철로가 있으며, 반사경과 녹슨 벤치가 하나 있는 역. 언젠가 당신이 모든 걸 잃어버렸을 때 찾아올 수 있는, 수많은 역 속의 그런 역으로 있을게요. 나는 무광의 광물처럼 낡아 있을게요. 그때 비로소 내가 묘사하는 당신이 실제의 당신보다 더 아름다우리라는 걸 나는 믿어요.

무화과

여름이 올수록 옆집 무화과엔 열매가 눈에 띄게 늘었다. 무화
과나무의 주인은 떠났고 빈집을 지키는 건 무화과나무이다. 세
를 내놓았으나, 사람이 들지 않는다. 들며 나며 무화과나무를 본
다. 꽃도 있겠지만 충분하게 보여주지 않는 꽃은 무화과뿐이다.
충분하게 말이 없는 꽃도 무화과뿐이다. 아웃사이더로 혼자 있
으며, 실력이든 재능이든 속으로 꽉 찬 사람을 만나면 무화과나
무 생각이 난다. 그 태도에서 충만하게 흐르는 밀도를 경외할 수
밖에 없다.

계곡에서 물을 만나다

물 흐르는 소리를 듣다 보면 물은 언제나 울고 있는 듯이 보이고 들리지만, 물은 울지 않고 흐르면서 세상을 뒤져 보고 있다. 아니 뒤져보려고 그러는 것이다. 뒤지다가 그만 저를 전부를 내주고 마는 것이다. 물의 입속에 손을 담그고 있으면 물은 설명할 만한 입이 없으니 자꾸만 입 달린 것들을 키우는 것이다. 물고 빨고 키우는 것이다. 사랑이 그런 것이다. 더는 마음의 악기인 심금心琴이 갈 데가 없으니 물고 빠는 것이다. 개들이 매번 주둥이로 바닥을 핥듯이 이젠 모든 것을 다 잃었다는 너에게 이렇게 속삭여 보는 것이다. 물고기 한 마리 올라와 입을 뻐끔거린다. 사랑하는 이여. 맑고 차며 내리러 오고 엎으러 오고 스미러 오는 시월의 냇가에 너는 단풍잎처럼 떠 있어라. 그다음은 물이 말할 것이다.

스물

　내 스물 시절을 생각하면, 슬픔에 딸린 식구들이 많았다. 마루 끝에 달린 작은 방 한구석 진부하고 답답한 일상들, 미친 듯이 시를 쓰던 밤의 다락, 이런 낱말은 쓰지 않겠다는 자기 약속이 있었다.

　조금 늦었다고 싶은 봄눈들, 청년의 사랑, 시는 스물의 장르라고 생각했었다. 의자를 놓고 커튼을 치고 스스로 그어놓은 슬픔의 원 한가운데 앉아 있는 날들이 많았다.

　슬픔을 받아 주머니에 찔러 넣지 않으면, 거리를 걸어 나갈 수 없는 나이가 바로 스물이었다.

청사포

　눈이 침침할 때 청사포青沙浦에 갑니다. 눈을 씻으러 갑니다. 귀가 웅웅거릴 때 청사포에 갑니다. 파도소리로 이명을 고친다지요. 고장 난 소리는 자연에 있는 소리로 고친다지요. 입을 열어 청사포 할 때, 청사가 푸를 청青에 뱀 사蛇였는데, 청사포의 파도가 그야말로 푸른 뱀이었는데, 무슨 까닭인지 푸를 청에 모래 사沙로 바뀌었다지요. 당신의 나에 대한 마음도 아마 그렇게 변해갔을 것입니다. 눈과 귀가 말을 안 들을 때 청사포에 옵니다. 청사포에 오면 만난 적도 없는 아름답고 서러웠던 한 여자의 눈빛이 떠오릅니다. 나는 그 눈빛을 오래 전에 마셔버린 것 같습니다.

유리

유리는 작은 충격에도 깨지기 십상이다. 유리는 모래에서 얻지만, 전혀 다른 물성物性을 갖는다. 며칠째 유리에 관한 생각이 도무지 그치질 않았다. 오후 카페 유리창 너머로 붉게 혹은 노랗게 물들어 떨어진 잎들을 밟으며 행인들이 지나간다. 이들은 다 어디로 가고 있는 걸까. 유리를 현미경으로 들여다보면, 정형적인 구조가 없다.

여기서 유리가 액체인가, 고체인가에 대한 물음이 생긴다. 물도 현미경으로 들여다보면 육각형 구조를 갖고 있는데, 유리에는 그런 일정한 구조가 없다. 무질서한 구조로 있다가 질서를 갖기도 하는 유리는 마치 물 위에 쓰는 시 같다. 지금도 아주 느리지만 액체로 흐르고 있다는 생각에까지 이른다. 최근 구글에서 유리에 관한 연구에 들어갔는데, 자못 결과가 궁금하다.

유리는 지금도 나를 통과해내고 벽인 듯, 벽 아닌 듯 서 있다. 파산했을 때 겨우 얻은 내 마음은 콘크리트 벽을 버리고 마치 유리처럼 풍경을 소화하며 서 있는 것이었다. 보낼 것은 보내고 막을 것은 막기로 결심했는데 제법 견딜 만했다.

가끔은 유리로 서 있어 보자.

떨켜

나뭇가지는 봄에 꽃잎을 떨어뜨릴 때와 가을이 와서 마른 잎을 떨어뜨릴 때가 다르다고 하더군요.

마른 잎을 떨어뜨릴 땐 영양분을 도로 가져가는 게 미안해서 '떨켜'라는 걸 만든데요. 잎에다 몸의 아쉬움을 전하며, 천천히 작별을 알리는 것이지요. 헤어지는 게 미안해서 당신이 편지를 남겼듯이.

펑, 하고 터져서 연기만 남을 세상의 서정들.

당신의 마음 같은 것은 모든 시간에 있군요.

이게 신비지 뭐겠어요.

나는 자전거를 타고 이 저녁을 달립니다.

금

병실 모니터 화면에 당신이 사랑했던 곳과 당신이 떠난 곳
사이로 물로 만든 금 하나 그어지고 있다.
나는 당신 눈물의 수위를 오래 바라보지 못했다.

홍어

　바닷가 우체국으로 가는 길에 홍어를 만났다. 횟집 수족관에 커다란 홍어가 배를 수족관 벽에 붙이고 바다를 바라보고 있었다. 나는 그 앞에 잠시 멈춰 서서 홍어와 눈을 한참 맞춰 보았다. 나와 홍어 사이로 자전거가 지나가고 배달 오토바이가 지나갔다. 뜨거운 한여름 태양이 바다에서 자꾸 드러누웠다. 우체국에 다녀오는 길에 나는 다시 홍어 앞에 멈춰 섰다. 길고 큰 입으로 홍어는 뭐라, 뭐라, 그러는 것 같았다. 나는 한 번 더 길게 홍어와 눈을 맞추었다. 내가 할 수 있는 일은 그것밖에 없었다. 《세종실록지리지》토산조土産條엔 '홍어洪魚'라고 기록되어 있다. '큰 고기'라는 특색없는 이름을 가진 고기다. 잡혀 온 큰 생물들은 언제나 애잔하다.

폐광

　이곳에 무엇을 남겨두고 그들은 떠났을까. 한여름 시원한 바람이 나오는 폐광 앞까지 안내한 후배와 나란히 말없이 앉아 있다. 오래전 문을 닫은 폐광이다. 어둠이 너무 오래되어 세상에 나온 암흑보다 더 검은 암흑 물질을 넣어주고 싶은 폐광이다. 아직 근처 하천엔 사금이 물주머니 속에서 반짝거린다. 금이며 은을 뱉어놓고 쪼그라든 뱃속 옅은 어둠들이 계속해서 어깨를 지운다.

　굴속을 가끔 고개 돌려 보면 어둠은 차고 시고 떫은 것이었다고, 어둠이 길면 더 어두운 검정이 필요하겠다고, 나는 생각한다.

　차고 축축한 바람이 폐광의 부푼 어둠 속에서 나는 옅은 어둠의 검은 종이 한 장을 뽑아 손에 들었다.

가을밤

바람에 밀리고 있는 나뭇가지들의 그림자를 바라보고 있는 시간이 내겐 휴식이다.

이렇게 누군가에게 말하고 싶은 가을이 있었다.

나뭇가지들의 그림자들이 바람을 따라 대지의 한 귀퉁이 처마 밑 마당을 쓸고 있는 모양이

꼭 멀리 있는 어떤 이가 지금 막 편지를 썼고 다시 쓴 글들을 마구 지우고 있는 것 같았다.

글이란 것도 대부분 이런 심경으로 쓸 것이었다.

생각

생각을 멈출 수 없는 공간을 만나면 즐겁다. 시간도 마찬가지다. 텅 빈 저녁의 수협공판장이나 해안가를 찾는 일도 이 때문이다. 서울 같으면 한적한 카페 같은 곳이겠지. 생각이 끝없이 생산되는 곳에서는 혼자인 게 좋다. 멈추지 않아서 정리하고 기록할 수 있는 게 있기 때문이다. 역으로 생각을 멈출 수 있는 공간과 시간이 도처에 있지만 불쑥 불쑥 끼어드는 생각 땜에 생각을 완전히 멈출 수 없다. 생각을 소비해서는 안 되겠다는 마음. 생각을 생산해야겠다는 마음. 한 달에 하루쯤은 의도적으로 온종일 아무 생각을 하지 않기로 마음먹었다. 눈과 귀를 주머니에 넣고 있어 볼 생각이다. 이거 굉장히 어려운 일이다. 일단 건강해야 한다.

목련

옛사랑은 어떤 느낌이 들까. 옛사랑은 망한 가게에 잘못 배달되어 온 축 개업 화분과 같은 것일까. 봄밤이면, 내게도 너무 늦게 옛사랑이 찾아와서 흰 와이셔츠를 그 화난 사랑의 손에 찢기다 못해 발기발기 찢겨서 너덜너덜 헝겊 조각이 된 옷을 들고 심야의 밤, 산복도로를 걸어가는 환영에 사로잡히는 것이다. 그때 내 등 뒤에서 웃으면서 피고 있을 목련 한 그루가 서 있지 말라는 법은 차마 없을 것이다.

260자

찬비 오는 밤 부둣가 대구횟집 난전. 파라솔 아래 앉아 모든 것에 실패한 마음으로 혼자 외상술 마시는데 아무도 없는 밤, 초췌한 몰골의 어린 비구니가 말없이 와 비 맞고 서서 목탁을 두드린다. 파리한 얼굴 어느 절에서 등 떠밀려 왔는가 묻지 못하고 주머니를 뒤적여 이천 원 시주하고 합장한 뒤, "스님 260자 반야심경 한 번 독송해주세요", 했더니 고개를 끄덕인다.

등등함이 없는 주문 반야바라밀다경이여. 어린 비구니는 청아한 목소리로,

사리자여. 관자재보살이 그러했느니라. 모두가 비었음을 비추어 보고 모든 괴로움을 여의었느니라.

사리자여. 물질이 허공과 다르지 않고 네 최후의 인식도 그러
하니라. 네 계속되는 그리움도 그러하니라. 위없이 높고 깊고 바
른 사유를 찾아야 하느니라.

사리자여. 나와 함께 가자 어서 가자 열반의 언덕으로.

찬비 오는 밤 나는 이와 같이 듣고 있었는데, 어린 여승 하나
이와 같이 들려주지 않았다는 듯, 독송을 마치고 합장하고 돌아
간다.

아제 아제 바라아제

가자 가자 어서 가자.

눈사람

겨울이면 눈이 자주 내렸다. 나는 3년을 파주에서 살았다. 퇴근길엔 늘 눈사람들과 마주쳤다. 눈사람들은 자꾸 늘어났다. 이곳 주민들은 옆집에서 눈사람을 만들어야 따라 만들었다. 나는 눈사람을 만들지 않았다. 눈코입을 그려 넣는다는 게 유치하기도 하고 아프기도 했다.

눈사람보다 먼저 녹기 위해 재빨리 아파트로 뛰어 들어갔다. 눈사람들은 조금씩 어디론가 이동하는 것처럼 보였다. 봄의 입구에 다다라서야 눈사람들은 녹았다. 나는 살아가는 일이 단지 눈사람보다 먼저 녹기 위해 집으로 뛰어드는 일에 불과하다고 중얼거렸다.

"결국, 눈사람도 녹는다는 것을."

물금역*

서울에서 물금역勿禁驛을 생각했다. 해마다 봄이면 혼자서 물금역 벚꽃을 보러 다녔다. 사람들이 잘 모르는 곳이었는데 지금은 상춘객들로 북적인다. 물금은 신라와 가락국이 서로 넘지 말라는 뜻으로 지어졌다. 근처엔 낙양洛陽의 동쪽이라는 뜻을 가진 낙동강이 흐르는데 낙양은 경북 상주를 일컫는다고 하니, 모든게 뜻을 알면 새로워진다.

무궁화를 타고 물금역에 천천히 당도해 내리면, 이 세상이 내게 금禁했던 것들이 떠오르고 곧 사실은 어느 하나도 세상이 내게 금한 것이 없음을 깨닫는다.

나는 세상을 향해 단호하게 금禁한 것이 있을까.

아무것도 금하지 않고 피어난 벚꽃 터널 아래에서 오래 서 있어 보던 곳.

물금에 가고 싶다.

* 경남 양산에 있는 역

빈관

거기서는 빈관賓館이라 하고, 여기서는 여관이라 한다. 같은 달이 뜨고 크고 작음이 없다. 같은 집이다. 다만, 거기서는 손님으로 이름하였고 여기서는 그 손님의 여행을 이름하였다. 지금 여기라는 것은 언제나 거기를 잊고 있는 것이다. 계속해서 잊고 있는 것이다. 빈관에 손님이 들었기를,

사람

　헤어진 사람이 생각나던 어느 봄날에는 담벼락에 기대서서 봄볕을 쬐고 있었습니다. 눈에 보이는 것들 이를테면, 꽃나무 구두 술병 등 봄볕을 맞고 있는 것들을 순서대로 세어보았지요. 인연이라면, 먼 히말라야 설산 어디쯤에서라도 산그늘을 재며 같이 있었겠지요.

　어디로 가버렸을까요

　사람의 모든 것들

　여기서 얼마나 멀까요.

2

산다는 것과 쓴다는 것

쓴다는 일

한 줄 쓰고 창밖을 보니, 정글 한낮 가젤 한 마리가 외따로 떨어져 새끼를 낳다가 뒤에서 몰래 다가온 숫사자 냄새를 맡고 놀라 펄쩍 뛰어 달아났다. 어미의 자궁에서 털썩 땅에 떨어진 새끼는 일어서지도 기지도 뛰지도 못하는데 숫사자가 천천히 다가와 혀로 가젤 새끼를 핥고 있다. 그 가젤 새끼가 꼭 내가 써놓은 글 한 줄 같아서 애가 끓어 다시 한 줄을 더 쓴다.

태엽

　회사 부도를 내고 수도권 아파트와 사무실 창고 지방의 토지를 다 날려 먹고 지방으로 이사와 실의에 빠져 있을 때 세상을 등지고 돌아누워만 있을 때 하루는 등 뒤에서 끼리릭 끼릭 하는 소리가 들렸다. 내 등에는 아무것도 닿지 않았다.

　나는 곧 아내가 일 마치고 돌아와 앉아 내 등 뒤에서 손가락으로 태엽 감는 시늉을 하고 있다는 걸 알아차렸다. 끼리릭 끼릭 아내의 입술 사이로 태엽 소리가 계속 났다.

　나는 곧 다시 일어나 세상 밖으로 걸어 나갔다.

나비

언제 적 봄날인지 지나간 봄날인지, 숲길을 걷다가 바위 사이로 걸쳐진 거미줄에 흰나비 몇 마리가 꽂혀 파닥거리고 있는 것을 보았다.

신기하고 못 보던 광경이어서 가까이 가서 봤다. 흰나비들이 아니었다.

어디선가 날아온 벚꽃 잎들이 날아다니다가 거미줄에 꽂힌 것이었다. 바람에 나부꼈다. 눈에 보이는 게 다인가 절대적으로 믿고 있는 게 다인가. 까닭 모를 쓸쓸함이 들고 났다. 그간의 내 사람에 대한 정이라는 것도 저 거미줄에 걸린 벚꽃 잎 같은 것이 아니었나 싶었다. 진짜 흰나비는 벌써 날아가고 없고.

나비장

　재목과 재목을 잇는 나무쪽을 말한다. 나뭇조각으로 만든 일종의 나무못이다. 선배가 하는 목공소에서 보고 한자로 장 자字를 찾아봤지만 못 찾았다. 나비 모양으로 만든 못은 자연스럽고 아름답다. 이 나무 쪽못을 만든 사람을 생각해보면 참 선한 사람이었을 것 같다는 생각이 든다. 나비장은 나무관에도 쓴다. 재목과 재목 사이를 딱 붙잡아 매고 있지만 그 빈틈없는 사이를 날아다니는 나비. 십수 년 전 갑작스럽게 심근경색으로 요절한 아우의 관이 생전 마지막으로 근무했던 도서관을 한 바퀴 돌 때 끝까지 따라다니던 흰 나비 한 마리가 나비장을 볼 때마다 떠오른다. 이승과 저승을 날아다니며 잇는 못으로서의 나비. 박혀 있으면서 날고, 날면서도 잇는 경지의 세계를 나는 알지 못한다. 어쩌면 삶이란 이러한 못처럼 어딘가에 박히는 것이며 박혀 있으면서도 흐르고 넓어지고 옅어지는 것이라 짐작할 뿐이다.

냉동창고

거대한 냉동창고를 들락거리며 일한 적이 있다. 어둡고 추운 영하 20도의 냉동창고에서 한 30분 일하다 보면 여러 가지를 상상하게 된다. 이 냉동창고의 주인이 냉동창고 바닥을 파고 은 신처나 아니면 막대한 현금을 숨겨놓지 않았을까. 어떤 살인마 가 냉동창고를 짓고 겉으로는 냉동보관업을 하며 냉동창고 안 에 시체들을 숨겨두지 않았을까. 나는 주인이 아니라서 그런 일 과는 상관이 없겠지만, 고된 날에 혼자 얼어붙은 창고 속의 물건 들을 찾다 보면 CCTV 카메라 사각지대에서 두터운 외투를 입 고 보드카 한 병을 다 마시고 얼어 죽은 채 앉아 있는 자신과 같 은 사내를 목도하는 일이 있을 수도 있겠구나, 라는 두려움이 드 는 때가 있다.

표면적으로 냉동창고의 가치는 이런 것이다.
한 번 얼었다 녹은 것은 다시 얼리지 않는다. 이미 상했기 때 문이다.

굴비

비굴은 반드시 젖는다. 아무도 모르는 곳에서 울게 되어 있다. 그리하리니 그리하다. 나와 세상의 비굴을 엮어 벽에 걸어두었다. 비굴만큼 맛있는 이야기도 드물지. 한 가지 위로라면 바람이 불어 비굴이 잘 마르고 뒤집어질 때 떡하니, 굴비!

마두금

몽골 악기 마두금馬頭琴은 말의 뼈로 목을 만들고 말총으론 현을 걸고 말가죽으로 울림통을 댄 악기이다. 유목민들은 새끼를 돌보지 않는 어미 낙타의 등에 이 마두금을 걸어둔다. 사막의 바람에 의해 울리는 마두금. 한동안 스스로 우는 마두금의 연주를 다 듣고 나서야 낙타의 눈물을 흘리고 새끼에게 젖을 내주는 어미 낙타. 초원을 달리던 몽골말의 울음을 들은 게다. 다른 곳의 달리기와 사막에서의 걷기는 같은 고단. 시속 64km의 빠르기를 가진 낙타는 몸이 뜨거워질까 봐 뛰지 않지만, 새끼를 버려두고 있다 생각난 어미 낙타는 뛴다. 울기 위해서도 뛰고 울지 않기 위해서도 뛴다.

진눈깨비

진눈깨비 내리는 날을 좋아한다. 땅은 질척이고 사람은 어두워지지만 유일하게 눈발들이 흐릿하게나마 인간과 신의 중간인 도깨비의 격을 가지고 뛰어내리고 있는 것 같아서, 호박이 변해 마차가 될 것 같기도 하고. 눈부신 빛이 쏟아져 나오는 어느 옥탑방 창문 여는 소리가 들릴 것 같기도 하다.

비바람

눈동자도 없이 뜬 꽃나무 나뭇가지들의 수런거리는 눈들을 본다. 밤새 비바람 몰아쳤다. 아직 삼월이다. 사월 벚꽃 한창일 때 비바람은 아픈 일이다. 그런 때 사람은 또 한 번 앓는다. 그런 때 나는 벗과 꽃을 분리해 본다.

땅

도착할 곳, 가야 할 곳은 백지白紙뿐.

그 이상과 그 이하도 아니다.

그 희디흰 땅덩어리에 말이다.

흑백

흑과 백은 액체에 가깝다. 서로 엉겨 있기도 하고 풀어지기도
한다. 습한 색, 그것이 흑과 백이다. 올라타고 빨고 스미고 나누
고 더하며 그것들은 함께 있다. 그것들의 본질은 안개와도 같다.
모든 칼라는 흑백 속에 있다. 네 삶의 흑백들을 흔들어라. 너만
의 노랑 빨강 연두 들이 쏟아져 나올 것이다.

귤과 밀감

귤이라는 것은 석양이 있는 들판을 무겁게 굴러다니는 것 같고, 밀감이라는 것은 그 들판에서 움직이지 않고 노오란 밀도로 꽉 차 있는 것 같다.

?

어떤 결정을 내려야 하거나 심지어 좋은 제안이나 소식을 들었을 때도 나는 나에게 묻는다. 나는 나에게 허락을 구한다.

한 사람

　세상 사람들은 쉽게들 얘기하지만 내가 그대가, 그해 그 사람을 그냥 잃었겠나.

　아주 빠르게 잃었지.

(

내가 혼자인 내가 모든 어둠을 체로 걸러내고서야
잠시 보는 당신이 아니었는가.
언제 당신은 내 안에만 있으려나.
그믐달, 여름 하늘을
괄호를 열며 괄호를 열며 가는 당신.

( )

내가 하고 있는 이것
그게 사랑이라면,
이해되지 않는 것은
모두 하나씩 가두어 두마.

대나무

대나무가 풀일까, 나무일까? 라는 질문을 언제적 품었는지를 가늠해보면 아마도 중 2 때인 것 같다. 당시 나는 친구들과 식물과 달, 지구에 관해 많은 이야기를 나누었던 것 같다. 대나무는 나이테가 없어 나무가 아니다. 풀이면서 나무 이름을 가진 유일한 종이다. 대나무는 하루 만에 소나무의 30년만큼 자란다. 히로시마 원폭 당시에도 살아남았다고 한다.

대나무는 딛고 오를 무릎을 얻는 대신 속을 다 내어 준다.

사막

사람을 만났다. 오늘 몽골로 떠난다고 했다. 고비사막에 간다고 했다.

나는 잠시 눈을 감고 모래 늪에 잠기는 낙타의 눈을 생각했다.

인생은 난해하고 사람은 복잡한 감정 수천 가지를 가진 기계이지만

나는 떠날 필요가 없는 사막에 산다.

3

삶이란 딜레마

아침

아침 중에는 눈 내리는 일산에서 전철을 갈아타고 서울 홍대 앞 사무실로 출근하는 아침이 있었고, 파산한 뒤 마산어시장 새벽 배달을 마치고 해 뜨는 부둣가를 오토바이를 탄 채 바다를 향해 고함을 지르며 달리던 아침이 있었다. 이 두 아침이 자주 선명하게 대비되는 것은 그 속에서 많은 것을 생각해 본 시간들 때문임은 틀림없지만, 권태가 찾아오면 다시 떠오른다.

물경 5년, 그동안 참 많이도 시시껄렁한 시간이 흘렀다. 수많은 구두와 운동화처럼 내려가는 계단의 흐릿함을 본 듯도 하다. 내게 있어서 아침은 흐릿함을 따라가 선명해지는 이상한 분위기 같은 것이 아닐까. 매일이란 단어도 어디에 있는 게 아니라 지어낸 것. 커피와 마음에 점을 찍는다는 점심과 사무실, 책상 같은 것들이 본래는 그 이름이 다 없었던 것. 우리는 선인들이 명명해 놓은 것을 소화시키는 데 급급한 바쁜 현대인일 뿐, 사람은 누구나 전철역을 내려갈 때 역을 함께 내려가는 계단까지도 자기를 긍정해주기를 바란다. 계단도 사람들에게 그러했을 것이라고 생각하는 그런 아침이다.

순환

묘지관리인으로 일할 때였다. 전날 마신 술로 숙취가 생겨 마을 슈퍼 평상에 앉아 따뜻한 봄날을 쬐고 있었다. 슈퍼 앞집 노인이 황태국을 한 솥 마당에서 끓이고 있었다. 한눈에도 성묘객들이 묘소 앞에 두고 간 황태들을 주워온 게 틀림없었다. 비닐에 들어 있는 황태를 꺼내 물에 불린 뒤 손으로 좌좍 찢어 다시 말린 후 쓴 것이 틀림없었다. 그것은 자꾸만 되씹히는 문장을 닮아 있었다. 노인은 멋쩍은지 내게 "한 그릇 주랴?"라고 물었다. 나는 고개를 저으며, 웃어 보였다.

유리창

부둣가 냉동창고에서 3년 반을 일했다. 냉동창고에는 창문이 없다. 냉기를 24시간 가둬두어야 하는 곳. 전 세계에서 수입되어 온 250여 종의 바다 생선들이 얼어 있다. 종이박스나 종이푸대에 담겨져 있는데 30kg까지 나가는 것들도 많아 일이 고된편. 새벽 네 시부터 저녁 여섯 시까지 냉동창고를 오가며 일했다. 창문이 없으니 어쩌다 갇히면, 곤란한 상황이 발생한다. 영하 18도에서 사람이 얼어 죽지 않고 견딜 수 있는 시간은 얼마일까. 여름엔 좋은 피서지다. 자꾸 들어가고 싶어진다.

가끔 이 거대한 냉동창고에 중소매상들이 찾아와 국산을 찾지만, 국산은 거의 없다. 근해에 나가 보라. 생선이 있는지 기껏해야 오징어 고등어다. 갈치는 전 세계에서 온다. 세네갈 모잠비크 모리타니아 중국 등등 부산 선사들이 점점 사라진 건 바다에 생선들이 줄었기 때문이다. 서부 아프리카 바다를 50여 년 동안이나 파먹었다고 한다. 인류에게 남은 마지막 황금어장은 이제 동부 아프리카의 바다뿐이다. 마다가스카르 섬이 있는 곳. 아침마다 경매가 이뤄지는 마산 수협 공판장엔 오징어가 주로 온다.

활기를 잃은 지는 오래, 폐허만 남은 인류의 앞날이 오고 있다는 걸 느낀다. 앞바다의 아침 햇살은 나날이 새로워지지만 수협 건물은 낡아 뿌연 유리창엔 먼지만 가득하다. 뒤는 감췄지만 앞 풍경을 받아들이지 못한다면 그게 창이겠는가.

커피 찌꺼기

일산 호수공원 근처 까페 여사장은 말했다.

"커피 찌꺼기는 어디다 쓰시게요? 보통 탈취제나 방향제 퇴비용으로 가지고 가는데."

나는 머리를 긁적였다. 이런 질문을 들으면 바로 대답이 나오질 않는다. 실험용으로 얻으러 오긴 했는데, 글쎄 어디다 쓰려고 커피 찌꺼기를 나는 구하고 있었을까.

미국 듀폰 사 출신 연구원들이 퇴사한 뒤 영국에 연구기업을 세워 세계에서 처음으로 열경화성 식물성 수지를 개발 중이라는 소식을 접한 것은 뉴스가 아니었다. 나는 석유를 기반으로 한 수지, 즉 페놀수지나 에폭시 수지를 대체할 친환경 수지를 찾고 있었고, 인터넷으로 전 세계 연구기업의 신기술을 찾다가 영국의 C 기업을 찾았다.

나는 영어를 잘하는 미국 시민권자를 고용했고 C 기업과 이메일을 주고받았다. 이 회사는 테스트랩만 갖추고 15년 정도 식물성 수지를 연구해 온 연구회사였다. 영국 정부로부터 연구자금을 10여 년간 받아 온 회사였다.

나는 직원을 영국으로 보냈다. 이 회사의 기술을 회사 차원에서 판단한 바로는 기술의 완성도는 80% 정도였다. 기술의 요점은 식물 기름으로 친환경 수지를 만들어 석유 기반 수지를 대체해 나간다는 것이었다. 획기적인 신기술이었고 국내 기관에서도 당연히 새로운 산업혁명에 필적할 만한 기술이라고 봤다.

영국 회사는 이미 식물 수지를 활용해 다양한 시제품들을 만들어 놓고 있었다. 나는 이들이 해보지 않은 실험을 해보기로 했다.

일반적으로 석유를 기반으로 한 수지는 커피 찌꺼기와 섞이지 않는다. 국내 커피 회사에서도 여러 번 도전했지만 실패한 하나의 과제로 알고 있다.

나는 얻어온 커피 찌꺼기와 영국에서 들여온 실험용 수지를 섞어 보았다. 전기가마에서 600도로 구운 뒤 상온에서 지켜보았다. 결과는 대성공이었다. 이 기술을 활용하면, 여러 가지 플라스틱 제품을 만들 수도 있고 자동차 부품이나 열이 많이 나는 내연기관 부품들을 만들 수도 있겠다고 생각했다.

그러나 가장 먼저 만들고 싶은 제품은 변기였다. 커피 찌꺼기로 만들면 화장실에 은은한 커피향이 날 것이 아니겠는가.

무연고 묘지

시립묘지를 위탁 관리했다. 수많은 묘지 속에 있는 무연고 묘지들에 애착이 가서 정성껏 벌초했다. 묘지 지도인 묘적부라는 게 있다. 번호가 각각 매겨져 있고 아파트 단지처럼 구역이 나눠 있었다. 삶과 죽음의 차이점은 창문이 있고 없고 건축양식이 단순하거나 복잡하거나였다. 죽음의 거처는 일방적인 것이었다. 나는 산역꾼이 대부분인 직원들과 좀 더 잘 먹고 잘살기 위해 무덤을 파는 일도 했다. 파주 일대 무연묘 묘지공사(이를테면 도로를 건설해야 하는데 무연고 묘지가 있는 야산이 가로막고 있으면, 행정예고를 한 뒤 묘지 개장공사를 입찰에 부친다)를 낙찰받아 산역꾼과 포크레인을 불렀다.

개토제를 지낸 뒤 무덤 개장공사에 들어갈 때 포크레인이 무덤을 파헤치고 관이 드러나면 나를 비롯해 산역꾼들이 삽을 들고 뛰어들어 죽은 자의 관을 부순다. 삽날로 관을 부수고 들어가는 것은 동티를 예방하기 위한 것. 무덤 밖에서는 나머지 인원들이 관과 한지를 준비하고 유골을 수습, 누워 있던 그대로 꿰맞춘다.

그리고 화장장으로 간 뒤 납골당으로 모시면 이장은 끝나게 된다. 지금도 가끔 꿈속에서 나타나는 한 장면이 있다. 명당인진 모르겠지만 살과 뼈가 모두 썩어 사라졌는데 뇌수술한 자국의 머리 윗부분, 어떤 거죽 뚜껑 같은 머리칼이 몇 가닥 붙어 있는 머리 가죽, 수술한 바늘 자국이 그대로 남아 있는 그것을 손으로 달랑 들고나올 때도 있었다. 아마도 그 부분을 도려내고 독한 약품으로 처리한 게 틀림없다고 생각했다. 내 속셈은 거친 산역꾼들과의 기싸움에서 밀리지 않으려고 그랬던 것. 그 부분만 한지에 싸서 관에 넣고 화장장으로 가면서 하루는 내세를 믿고 하루는 믿지 말자고 중얼거렸다.

극장

    문화부 기자 시절 영화를 담당했지만, 사실은 영화보다 더 먼 곳을 담당하고 싶었다. 그 먼 곳까지 많은 걸 감수하고서라도 가고 싶었다. 대형 스크린이 하나 있는 옛 극장들. 3층 객석까지 올라가는 계단이 있고 길고 높은 복도엔 늘 공중화장실 냄새가 스며 나오던 곳. 90년대의 극장은 그랬다. 벽엔 굳게 닫힌 창문에 거미줄이 달라붙어 있고 3본 동시상영까지 하던 지방의 대형 극장들. 나는 영화를 보며 먼 곳들을 마음껏 상상하고 마음이 가는 대로 시나리오를 바꿔보기도 하면서 살았다. 극장 안에 영화가 있는 게 아니라 영화 안에 극장이 있었다. 그러니까 25여 년 만에 다시 찾은 해안 도시에 있는 수많은 극장 중 단 한 곳도 필름을 돌리는 곳이 없었다. 그 대신 소규모의 객석을 갖춘 여러 상영관이 대형건물에 포진해 있었고, 옛 극장들은 대부분 아직도 팔리지 않은 채 군데군데 금이 가고 깨친 유리창을 겨우 안고 있었다. 극장이 영화를 소유하던 시대가 끝나고 영화가 극장을 소유하는 시대가 온 것이었다. 더불어 청춘도 끝났음을, 나도 늙어가고 있음을, 옛 극장들의 폐허를 보고 깨달았다.

코스모스

　그 완강했던 폭염의 어깨가 무너지고 아침마다 감빛으로 물들인 광목천만 한 근육을 가진 바람이 불어온다.

　가을이다. 익어 고개 숙인 벼는 자신들의 금을 다 드러낸 채 겸연쩍게 들을 치장하고 섰고 밤이면 처연한 귀뚜라미 울음소리가 들려온다.

　올해는 유난히 덥고 가물었다. 뜨거운 햇볕에 모기의 날개마저 말라버렸으니, 경쟁 속에서 잇속을 다투며 살아가는 사람들의 심사야 오죽했겠는가.

　그러나 어느새 하늘은 높아졌고 나무는 깊다. 떨어지고 거둬진 열매에게서 나무와 숲과 사람의 고민을 생각해 보기 좋은 계절이다. 어디 그것뿐이랴. 책 읽기 좋아하는 이들에겐 책이 몸에 착착 감기는 계절이기도 하다.

코스모스가 핀다. 가느다란 대에서 문득 화려하진 않으나 수수한 색감의 잎을 펴 보이는 꽃이 코스모스다. 활짝 핀 코스모스의 암술과 수술을 자세히 들여다보면 세상에! 별 속에 작은 별 모양들이 총총히 꽃잎 속에 떠서 있다.

우주를 코스모스라고 처음으로 칭한 사람은 수학자 피타고라스. 아주 작디작은 꽃잎 속에 별들이 숨어 있으니 꽃잎 한 장에서 우주를 다 본 것이다.

조기 1

　몸집이 조기보다 작은 참조기는 남획으로 서해안에서는 거의 고갈되고 지금은 제주도 부근에서만 잡힌다고 한다. 요즈음 시장에 나와 있는 참조기는 거의 중국에서 수입한 것인데 치자물을 들인 듯 노랑색이 몸에 배어 있는 게 특징이다. 이 15～30cm 사이 참조기의 이빨을 피해, 손가락으로 입을 벌려 보면 붉은 혀와 붉은 입술을 볼 수 있다. 특히 입술은 립스틱을 바른 듯 빨갛다. 몸 안의 화학적인 색소가 하필이면 입술에 몰려 화장을 한 것처럼 예쁜 생선이 참조기다.

　백과사전에는 학명이 따로 있지만, 관세청 참조기 수입 원장에는 참조기를 'Red lip croaker'라고 표기한다. 뜻을 풀이하면 붉은 입술에서 나는 개구리울음. 혹은 개구리처럼 우는 붉은 입술쯤 되겠는데 옛 선원들의 말을 들어보면 서해 연평도에 조기 떼가 몰려오면 바다에서 개구리 울음소리가 합창으로 들린다고 했으니 틀린 말은 아니다. 조기 떼와 개구리 떼의 울음이 어떻게 비슷한지는 알 수 없다. 다만 'croaker'는 개구리울음 우는 모양인데, 개구리와 참조기 중 누가 먼저 울음소리를 따라서 했는지 그것이 나는 궁금하다.

어쨌든 사람도 먼 곳의 사람이 울면 따라 울게 되어 있다. 세월호를 잊지 말자.

조기 2

한국인이 바다 생선 중 으뜸으로 치는 조기는 서해안을 대표하는 어종으로 사랑받아왔다. 남획으로 참조기라 불리는 국산조기는 지금은 거의 고갈되고 제주도 부근에서 겨우 명맥만 잇고 있는 실정이다. 이마저 중국 어선들이 떼로 몰려와 새끼들마저 다 잡아가고 있어 제수용 국산 조기는 보기도 어려운 데다 마리당 100만 원을 웃돈다고 하니 격세지감이다.

일본에서는 잡어로 취급받지만, 우리나라 사람들의 입맛은예나 지금이나 조기를 제수용 생선 중 가장 귀하게 대접하고 있다. 조기와 비슷한 부세는 굴비로 만들기도 하는데 대부분 중국바다에서 양식으로 키운 것이다.

국산 조기의 맛을 못 잊은 사람들을 위해 사람들을 위해 우리원양어선이 50년 전부터 서아프리카 해안에서 잡은 민어 조기를 명절 제사상과 밥상에 올렸다. 국산 참조기 맛에 가장 가깝기때문인데 얼마나 많이 잡았던지 민어 조기마저도 고갈되었다고 한다. 오죽하면 국내 한 업체가 지구에서 마지막 남은 황금어장 동부 아프리카 모잠비크 해안까지 진출했다고 한다. 특히 경남·부산 사람들의 조기 사랑은 알아줘야 한다. 서울까지 올라갈 조기가 없다는 것이다. 여기엔 그 나름의 까닭이 있다. 식어도 맛있는 생선은 오직 조기뿐이기 때문이다.

얼음

"택시비나 빼줘요." 임산부는 지갑을 열며 노파에게 말했다.

노파는 해풍에 말린 가오리 한 묶음을 검은 비닐봉지에 담다가 멈칫했다. 한여름 늦은 오후였다. 바닷가의 더운 바람이 훅, 불어왔다. 노파는 대답 대신 조금 떨어진 곳에서 배달 오토바이를 세워두고 담배를 피고 있는 아들 한수 씨를 바라봤다. 택시비를 빼줄 수 없다는 뜻이었다. 노파는 다시 난전 곁에 있는 얼음 한 덩이에도 눈길을 주었다. 노파는 가오리 한 묶음을 비닐에 담았다.

임산부로부터 만 원짜리 지폐 석 장을 받고 천 원짜리 지폐 두 장을 내밀었다.

"버스비요!" 노파는 임산부의 배를 쓱, 쳐다보곤 다시 할 일 없어 보이는 아들 한수 씨를 바라봤다. 태양은 뜨거웠다. 방금 배달돼 온 사과박스 크기의 얼음 한 덩이가 난전 옆에서 녹아내리고 있었다. 노파의 눈과 마주친 아들은 그제야 담배를 끄고, 옆 건물 뒤를 돌아가 담요 한 장을 가져왔다. 노파는 아들로부터 담요를 나꿔채 얼음덩이 위에 덮었다. 담요를 덮은 얼음이었다. 얼음이 필요한 생선 궤짝은 아직 배달되어 오지 않았다.

공포

손님이 말하고 나는 들었다.

제가 중국에 있을 때 술집에서 중국 사람들과 지혜 배틀이 있었어요. 주제는 '공포란 무엇인가?'였는데 그것에 관해 가장 지혜로운 답을 가리는 배틀이었는데요. 어떤 분은 고대 중국 역사를 장황하게 설파하면서, 공포와 매치시켰구요. 어떤 분은 심리학적으로 막연한 불안이 점철되다가 고양되다가 하는 등등 운운했죠.

제 차례가 다가오자, 저는 무척 당황했습니다. 중국말도 서툰데다, 마땅히 떠오르는 중국의 고사성어도 생각나지 않았기 때문이죠. 그래서 저는 문득 자리에서 일어나 유리잔을 깨뜨렸습니다. 순간 모두가 놀랐죠. 저는 유리 조각을 손바닥으로 말아 쥐고 일행들에게 보여주며 말했죠.

"자, 제 손에 든 이걸로 무얼 할 수 있다고 생각하십니까? 바로 이것이 공포입니다."

잠시 후 여기저기서 "따거" 하면서 박수 소리가 들렸지요.

손님은 말을 마쳤고 나는 삶의 언어도 저러해야 한다고 생각
했다.

호중구

열두 번 중 세 번째 항암을 받으러 온 그녀는 자신의 피검사 결과를 기다렸다. 여의사는 컴퓨터 화면을 들여다보더니 마우스에서 손을 떼고 그녀를 향해 몸을 돌리며 말했다.

"이번 피검사에선 호중구 수치가 안 나와서 호중구 촉진제 주사를 맞아야겠어요. 2,500이상은 돼야 하는데 오늘은 1,300밖에 안 되네요."

그녀는 불안한 얼굴로 여의사를 바라보았다. 그리고 다음 말을 기다렸다. 처음 있는 일이었다.

"한 이 주일 정도 항암을 늦춰 볼까요? 아니면 오늘 입원하셔서 촉진제를 맞고 내일 저녁부터 항암 링거를 맞든지요."

그녀는 촉진제를 맞겠다고 했다. 진료 수속과 피검사 엑스레이 과정도 과정이지만 병원에서 대기하는 시간과 집까지 오고 가는 일이 번거로웠기 때문이었다.

여의사는 말을 이었다.

"호중구는 쉽게 말해 과립백혈구의 일종입니다. 면역 활동에 도움이 됩니다. 촉진제를 맞으면 일단 애들은 입대한 지 얼마 안

되는 신병에 불과해요. 이 신병들은 언제나 인간의 가슴…"

　여의사는 오른손을 펴 자신의 가슴 중앙을 두 번 두드렸다.

　"언제나 인간의 가슴께에서 훈련을 받는답니다."

예술가

예술가란, 비어 있는 무한의 하늘에 창을 내는 일을 하는 사람인지도 모른다. 예술가의 삶이 고단하고 가난하나 그들이 이뤄놓은 예술의 경지는 아름답다. 분야와 장르를 떠나 그들의 예술은 많은 이야기를 거느리고 있으며 신비한 빛과 색을 내뿜는 한 잔의 칵테일 같은 것으로 어느 날 마주친다.

단 주의할 것! 그 칵테일의 이야기를 충분히 듣지 않고 원샷해 버린다면 그 칵테일은 당신에게 체리향이 든 샴푸맛을 제공할 수도 있다.

삑사리

'삑사리'라는 말을 들을 때마다 늘 쳇 베이커가 떠오른다. 재즈 음악가이자 트럼펫 연주자인 쳇 베이커와 재즈 작곡가이자 연주자였던 마일스 데이비스는 둘 다 마약쟁이였다. 천재적인 연주자였던 이 두 사람은 동시대를 살았지만 마일스 데이비스가 한참 선배였다.

재즈에 '틀린 음은 없다.'라는 말을 남긴 마일스 데이비스는 쳇 베이커를 애송이로 본 듯도 하다. 나이도 세 살 많은 데다가 경험과 명성이 한 수 위였으니 그럴 만도 했다. 아니면 자신이 가지지 못한 재능에 열등감이 있었든지. 쳇 베이커의 일대기를 다룬 영화 '본 투 비 블루'와 마일스 데이비스 영화 '마일스'를 비교해보면 이 두 사람의 관계와 음악에 대한 인식과 태도를 익히 짐작할 수 있다.

한창 활동 중이고 사랑에 빠져 있었던 쳇 베이커는 마약 빚을 갚지 못해 뉴욕 뒷골목에서 앞니가 몽땅 빠지는 폭행을 당했다. 그 후 그는 재기를 위해 약을 끊고 앞니에 틀니를 박아 넣고 연습했지만 자주 이가 아파 고통스러웠다.

그럴수록 그의 재기의 집념은 날이 갈수록 강해졌다. 그는 틀니를 고정할 수 있는 강한 접착제를 구해 연주했지만, 예전의 트럼펫 소리와 음울한 노래는 나오지 않았고 '삑사리'가 자주 났다. 이때부터 '삑사리'라는 말이 생긴 것이다.

하지만 그는 절제와 신경질적인 흥분과 애조띤 감상에 핏기 하나 없이 잘생긴 외모로서 오히려 팬들의 동정심을 유발했다. 나중엔 마일스 데이비스의 느긋하고 산뜻한 연주방법까지 받아들여 자기 것으로 만들었고 마지막 음반 'Straight From The Heart'는 '삑사리' 때문에 비평가들로부터 별 1개밖에 못 받았지만, 팬으로부터 더 많은 사랑을 받았다. 쳇 베이커는 1988년 파리의 한 호텔에서 추락사했다.

나는 지금도 책 한 권 같은 그의 음반을 갖고 싶다.

빚과 빛

빛과 빚은 언제나 붙어 다닌다. 빛이 있으므로 빚이 있는 것이다. 빛을 보기 위해 빚을 내어 집을 사고 사업을 한다. 빚으로 빛을 만드는 일은 연금술보다는 성공확률이 높지만 실제로는 1% 성공도 어렵다. 그렇다고 인간의 지난한 노력이 의미가 없지는 않다. 어떤 땐 빚 없이 온몸으로 빛을 만드는 사람들이 존재하기도 한다. 이 확률도 1%다.

딜레마, 딜레마의 연속이 삶이다. 빛과 빚을 가까이서 잘 들여다보라.

너무나 닮은 얼굴을 하고 있다.

나무와 숲

홀로 선 나무는 고독, 고독은 solitary.

숲은 연대, 연대는 solidary.

이 둘은 알파벳 한 자 차이라고 나는 배웠지.

가을

가을에는 떠나야지.
내가 기댄 차창 밖으로
누런 들판이 잘 지나가도록

4

존재의 결핍

약속

불현듯 얼굴 한번 봅시다. 밥 한번 먹읍시다. 문득 이 힘없는 약속을 합니다. 힘이 쌍떡잎처럼 돋아나기라도 하듯이 그러기를 바라듯이 그럼 안 되는데, 만나야 하는데, 다시 또 그래요, 라고 대답합니다. 약속하면 어떤 한 거리가, 한 식당이, 한 술집이 나타나기라도 하듯이 말입니다.

사월에 사는 것들

전화하지 못하는 마음. 색이 오른 곤충의 겹눈들 벚꽃 터널, 연두와 분홍들 너의 거짓말 안개 황사 미세먼지 벌의 날개짓. 세계 자폐증 인식의 날, 타이타닉호 세월호 제주 체르노빌 노트르담 대성당 엘리엇의 '황무지', 식목 불면 속아서 산 꿈들.

흰 개

그 개를 처음 본 것은 이른 봄날 아침이었다. 차창 밖으로 휙 던져진 그 개는 처음엔 거의 흰빛이었다. 개는 영문을 모르는 것 같았다. 가시덤불 바로 앞에 내동댕이쳐진 채, 잽싸게 언덕을 내려가는 자동차를 바라보고 있었다. 조금 전까지만 해도 주인이 었을 법한 인간들의 품에 안겨 있던 그 개는 그렇게 버려졌다.

묘지의 개들. 그는 개가 싫었다. 단 한 번도 개들의 머리를 쓰다듬은 적이 없었다. 큰 개는 무서워서 싫었고 작은 개들은 그냥 싫었다.

짖어서 싫고 아무 데나 다리를 치켜드는 행위가 싫고 아무 데서나 흘레를 붙는 게 싫었다. 그는 조용하게 살고 싶었다. 거대한 묘지로 이루어진 이 동네에 와서도 개들에게 봉변을 당했다.

깊은 밤, 차도 다니지 않는 국도에 버려진 개 떼들에게 쫓겼던 것! 개들은 주로 사월에 묘지에 버려졌다. 최근 몇 년 사이에 그 수가 부쩍 늘었다.

올려다보니 벚꽃이 폈다. 그 아래에서 흰 개는 꼬리를 천천히 흔들며, 자동차가 내려간 언덕을 아직도 보고 있었다.

흔한 일이야. 그는 무심하게 언덕을 내려가며, 벚꽃들을 바라보았다.

벚이 꽃이 되었다. 해마다 꽃이 필 무렵엔 벚나무의 색깔은 검게 변하는데 꽃이 지면 다시 회색으로 몸을 바꾼다. 벚이 벚을 다한 것이다. 벚이 벚을 다 운 것이다. 옆으로 옆으로 풀의 생을 지나 목생을 올려다보면 속도라는 것도 덧에 불과하다는 걸. 그는 멈춰 섰다. 무엇에든 덧났지. 봄이면. 고개를 가로저었다. 다시 봄이었다.

흰 개는 목줄에 묶여, 묘지 관리사무소에서 살았다. 이름은 '다롱이'였는데, 떠돌이 개인 외꾸눈과 홀레를 붙어 새끼 세 마리를 낳고 죽었다. 새끼들은 마을 사람들이 데려갔다. 그는 '다롱이'를 언덕 위 소나무 밑에 묻었다. 애꾸눈 개가 가끔 그 소나무 밑을 다녀갔다.

여름 천변

서정시는 너무 오래되었어요.
서정시엔 학벌과 출신 재력
그 밖에 창틀의 재료가 느껴지죠
그래도 어쩌겠어요.
가끔 생각나는 것을
가까이 붙어 있지만
하천변 연인들의 물기 같은 것들이
버드나무 늘어진 가지들 사이로
열을 지어 오르는 것을,
당신은 그 사이로
자꾸 그네를 달고 싶다 하지만요.

말을 어떻게 찾지

물 아래에서 살며 나오지 않는
생각을 건져 체에 담아도 건질 게 없어
아래를 보며 쓰던 손글씨를 택했다.
말로 하지 않고 글로 쓰는 일생을 따라 간다.

– 앞을 보며 쓰지 말 것
– 내 영혼은 이가 빠진 지 오래
– 과거에서 막 도착한 사람처럼 굴 것, 옛날에서 갓 나온
  것처럼
– 말(馬)을 타고 달려도 말(言)은 없을 것
– 실패는 길게 생겼고 성공은 짧게 생겼더라
– 나에게 하고 나한테 버릴 것
– 뛰어오른 숭어에게 바다가 뭘 보여주는지를 보고 있어요
– ……
– 바닥을 보면 펜 끝이 하나 더 생기고
  생기고 생겨서는, 쓰러진다. 말하지 않고

글로 쓰는 저녁이다.
쉴 새 없이 쉴 새 없이 혼자가 되고
있을 사람들에게……

곡우穀雨

간밤 곡우에 비가 내렸다. 이런 일은 참 어려운 일이다.
이름이 제 이름에 닿아 하얀 이를 드러내는 일.

슈퍼문

달이 뜨자 열심히 유모의 젖 같은 것을 물고 있는
나뭇가지들
공중을 빨아야만 갈 수 있는 길.

어느 생계를 다 둘러 보다
커졌는가
다닥다닥 붙은 집들 너머로
한 사람씩 나와 보는 기원의 얼굴들
기원은 가장 낮은 곳을 구르다 둥글어진 것.

돌아보니 커져 있었다
그것이 달만 그런 게 아니었다.

눈사람 모양의 행성

어떤 물체의 끝 곡선들이 천천히 한 형상을 갖게 되고, 그것을 우리가 지나칠 때 오랜 세월이 지나서야 생각할 수 있는 일이 떠오른다.

그때 눈사람은 그렇게 다가왔을 뿐, 모양도 가지지 않았고 희지도 아니했는데, 성간 먼지들 틈으로 주위를 떠도는 뉴호라이즌스호를 얘기하는 사람들의 머리 위로 영원히 지지 않는 꽃 같은 눈사람 하나가 지나갔다. 눈사람 모양의 행성이라고 했다. 옛일 그때의 사람처럼 행성은 눈사람으로 서 있고, 눈사람은 행성으로 떠돈다.

윤슬

　고요함에 나 앉아 있고 나 서 있다. 고요함에 문을 달고 구름과 하늘이 그어놓은 물의 선을 본다. 물의 선은 산 능선 위에도 있고 폐선의 옆구리에도 있고, 사람의 손바닥 위에도 있다.

　낮 바다다. 때로 검은 손이라도 잡고 싶은 게 인간일까. 고요함의 계단에 내려가는 방법이 더 필요하다. 고요의 바닥에 물이 찰랑거린다. 움직이는 바다 그것은 늘 내 것이었다. 찰랑거림에 서 있기를, 나도 찰랑거리다가 흐르기를.

당신은 나로부터, 떠난 그곳에 잘 도착했을까

볼일도 없는데 기차를 타고 서울에 갔다. 에어비앤비 숙소를 잡고 장을 보고 혼자 술을 마신다. 물론 전화도 했지. 서울 사람들은 늘 "서울에 무슨 볼일이라도."라고 내게 묻는다. 이방인 취급이다. 그냥 전화했을 뿐이다. 연남동 거리를 혼자 걸으며 홍대 앞까지 가본다. 내 사무실이 있었던 건물을 돌아 밤 지하 술집으로 내려가 본다. 지하에는 언제나 계단이 있다. 올라가는 계단말고 더 내려가는, 있을지도 모르는 계단.

아직은 특정 지워지지 않은 당신

요즘 너희 아빠 꼴 보기 싫어 죽겠어. 아내는 딸아이에게 그렇게 말했다고 한다. 에어비앤비 공기 방울 같은 숙소를 나와 일산 가는 전철을 탄다. 눈이 내리고 있다. 일산을 떠나던 그해 겨울에도 눈이 자주 내렸고, 그 눈길마다 자주 미끄러져 엉덩방아를 찧었지. 그게 '떠나라'는 신호로 알아들었는데, 그날 밤 우리 집에서 자고 가라는 시인 형의 말이 일산의 눈길마다 다시 묻어

나는데 나는 다시 미끄러질까 봐 놓아버리고.

　다가서는 벽마다 나에 대한 조롱이 써졌다 지워진 것만 같다.
　당신은 도착했을까 내가 모르지만, 알 수도 있는 사람.

　형, 골목길에 갇힌 것 같아 늘 이곳이야. 하고 싶은 말을 끝내
참았다. 마로니에 넓적한 잎 다 져버린 술집 불빛 뒤, 캄캄한 곳
으로 더 캄캄한 곳으로 막다른 어둠에는 계단이 있을 것만 같아
서 발을 들어 허공에 올려 보았다.

비 냄새

예순이 다 된 그는 강원도 깊은 산골이 고향이라고 했다.

힘든 부두 잡역부 일밖엔 할 게 없다고 했다.

내가 하차 작업을 하면서

"비가 올 것 같네요. 비 냄새가 나요."라고 말하자

"비 냄새가 아닙니다. 비 냄새는 사실 흙냄새지요."라고 답했다.

나는 그가 먼 고향 비 내리는 골짝 논을 생각하고 있다고 여겼다.

주식회사

20년 동안 주식회사 다섯 개를 세웠지만 결국엔 다 망했다. 그러나 후회하지 않는다. 성공하려고 주식회사를 설립했으나 반드시 성공하려고 한 건 아니었다. 성공하려고 문학을 하고 성공하려고 사람을 사랑하지 않았듯이. 만약 그랬다면, 수십 년 동안 내 마음에 남아 있는 이 가득함은 무엇인가.

유월

6월을 격음인 육월이라 읽지 않고 유월이라고 부르는 것은, 십월을 시월이라 하는 것처럼 발음을 부드럽게 하기 위한 국어학자들의 융통성이다. 활음조 현상인 이 유연한 규칙은 아마도 연구소 창밖에서 부는 시원한 바람과 유월 화단의 능소화 금계국, 가까운 건물에서 들리는 명랑한 피아노 소리에서 기인했을 것이다. 유월이 오면 한 해가 딱 절반에 이르러 하반기 일을 생각하게 한다. 무엇을 새롭게 하고 무엇을 더 할 것인가? 유월 장마엔 돌멩이도 큰다는데 오래 망설이던 생각이라도 키워보자.

고래

상어 작업은 몇 번 현장에서 봤지만, 고래 해체 작업은 직접 본 일이 없고 동영상에서 몇 번 봤다. 고래 해체 순서는 큰 생선용 전문 칼을 쓴다. 칼 길이가 1m 남짓하다. 죽은 고래가 부두에 올라오면 해체전문가가 고래의 목을 자른다. 제일 먼저 피를 빼야만 신선도가 오래 가기 때문이다. 그 뒤 등지느러미와 꼬리지느러미를 자른 뒤 그다음엔 칼로 복부를 두 쪽으로 가르고 뒤집어서 완전히 가른다. 그리고 쏟아진 내장과 갈비뼈를 떼어내고 정리한 다음 속살을 마저 자른다. 그런 후 머리 부분을 해체한다. 이렇게 하는 이유는 고래의 신선도를 유지하기 위해서이다. 고래의 속살은 죽은 지 이틀이 지나도 45도를 유지하기 때문에 해체전문가가 겨울에도 손이 시렵지 않다. 국내 유일의 고래 해체전문가 주태화 선생의 해체방식이 이렇다. 물론, 우리나라에서 고래 포획은 불법이다. 바다 생명 중 해체라는 말은 오직 고래에게만 쓴다. 그만큼 거대하다.

존재

입던 옷들이 커져 있다. 요즘의 나를 이보다 더 정확하게 말
할 수 있는 게 있을까.

가난

그것이 물질적인 것이든 정신적인 것이든 결핍을 느낄 때가 있다. 내가 가난한 축에 든다는 것. 그럴 때면 나는 내 가난을 단정하게 고쳐놓고 밖으로 나간다.

메타세쿼이아

마음이 허허롭고 사람들에게 지칠 때면 후배 송창우 시인 집에 놀러 간다. 그는 높고 깊은 산골짜기에 집을 짓고 산다. 본 채옆에 사랑채를 지어 지인 중 누구라도 쉬어가거나 자고 가도록했다.

그는 현대문학으로 등단했고 시집도 한 권 냈지만, 도무지 시를 열심히 쓰지를 않는다. 대학원도 졸업했지만 애초에 교수가되려는 노력조차 해본 적이 없다. 겨울에 보일러가 고장 나도 수리공이 오려 하지 않는 곳이라서 혼자 보일러를 공부해서 직접수리까지 하는 시인이다. 인근 대학에 강사로 나가고 부인은 지방 출판사에 다니면서 생활을 영위한다.

그의 집에 놀러 가면 식물에 대해 놀라운 얘기들을 듣는데 그의 이 같은 관심은 후에 식물보호기사 자격증을 취득하게 했다. 최근에는 식물에 관한 자격증을 모두 딸 기세인데 곧 나무 의사가 될 것으로 나는 믿어 의심치 않는다. 그의 노력은 물론, 취업을 위한 것이 아니다. 그가 하루는 내게 메타세쿼이아 씨앗이라며 손바닥 위에 놓고 보여주었다.

흔히 병정나무라는 메타세쿼이아의 씨앗은 놀랍게도 하트 모양이었다. 우람하고 진중하며 우뚝 서서 지구의 보초로 서 있는 메타세쿼이아들이 가슴에 하트 모양을 종내 키우고 있었던 것이다.

체 게바라가 쓴 시

체 게바라는 너무나 잘 알려진 혁명가이다. 올리브 전투복에 붉은 별이 박힌 베레모와 시가가 그를 대표하는 상징이다. 전투복을 입은 채로 UN 총회에 나가 정장차림의 국가 대표단 앞에 설 줄 아는 남자. 일생을 혁명에 투신하여 불꽃처럼 살다간 남자. 정글의 나무 위에서 시가를 피우며 책을 읽고 시를 쓸 줄 아는 남자. 그는 아르헨티나에서 1928년 6월 14일 출생하여 1967년 10월 9일 사망했다.

그는 쿠바에서 혁명가의 삶을 시작했다. 쿠바에서 혁명에 성공해 장관이라는 직책과 사령관 계급을 얻었지만, 이 모든 것을 한순간에 내려놓게 된다. 아르헨티나의 유복한 의사 집안 출신이자 의사인 그가 다시 혁명을 위해 콩고와 볼리비아로 떠나 볼리비아에서 정부군에 사로잡혀 총살당하기까지 이상의 실현을 뛰어넘었던 그의 행보는 역사 속의 그 어떤 혁명가보다도 오늘날 우리나라를 비롯 많은 이들에게 시사하는 바가 크다. 진정한 혁명가의 아이콘 그가 쓴 삶과 죽음에 관한 시 한 편이 있다. 그건 바로 〈나의 삶〉이다

내 나이 열다섯 살 때,

나는

무엇을 위해 죽어야 하는가를 놓고 깊이 고민했다.

그리고 그 죽음조차도 기꺼이 받아들일 수 있는

하나의 이상을 찾게 된다면

비로소 나는 기꺼이 목숨을 바칠 것을 결심했다.

먼저 나는

가장 품위 있게 죽을 수 있는 방법부터 생각했다.

그렇지 않으면

내 모든 것을 잃어버릴 것 같았기 때문이다.

문득,

잭 런던이 쓴 옛날이야기가 떠올랐다.

죽음이 임박한 주인공이

마음속으로

차가운 알래스카의 황야 같은 곳에서

혼자 나무에 기댄 채

외로이 죽어갈 것을 결심한다는 이야기였다.

그것이 내가 생각한 유일한 죽음의 모습이었다.

– 시 '나의 삶' 전문

파산의 유래

파산의 유래는 지금으로부터 600여 년 전 중세 이탈리아 상인들에 의해서였다. 그 당시 이탈리아 상인들은 금융을 쥐고 있던 고리대금업자들을 견디다 못해 장사하던 좌판을 부숴버리고 더는 장사를 할 수 없음을 알렸다고 한다. 그들은 십자군 전쟁 이후 염전을 통한 천일염 무역으로 큰돈을 벌기도 했다. 이때부터 파산은 상업경제의 중요한 부분으로 오늘날까지 이어지고 있는데, 지금까지 파산제도를 두지 않는 국가가 있다는 건 매우 아이러니하다.

셰익스피어의 《베니스의 상인》도 이러한 배경에서 집필되었는데, 당시 상인들의 생활상을 극적으로 반영한 명작이다. 어느 날 상인 안토니오에게 절친한 친구인 바사니노가 찾아와 벨몬트의 부자 상속녀인 포샤에게 청혼하기 위해 돈이 필요하니 거액을 빌려달라고 말한다. 안토니오는 친구의 청을 거절할 수 없었고 자신도 그런 거액은 갖고 있질 않아 유대인 고리대금업자인 샤일록을 찾아가 자신이 보증을 설 테니 친구에게 돈을 빌려주라고 말한다.

샤일록은 사업의 경쟁상대이기도 했던 안토니오를 제거하기 위해 기한 내에 돈을 갚지 못하면, 안토니오의 가슴에서 가장 가까운 살 1파운드를 떼어내겠다는 조건을 내걸고 돈을 빌려주었다. 바사니노는 안토니오로부터 돈을 받아 포샤에게 청혼한다. 그러나 곧 안토니오는 자신의 물건을 싣고 오던 배가 침몰하는 사고가 당하게 되어 모든 재산을 잃고 샤일록의 빚을 갚지 못해 죽음까지 생각할 정도로 깊은 절망을 하게 된다.

　재판 당일, 재판관으로 변장한 포샤는 샤일록에게 '가슴에서 살을 떼어내되 단 한 방울의 피도 흘려서는 안 된다.'는 명판결을 내린다. 또한 샤일록에게 인육 저당 고리대금에 대한 죄를 물어 전 재산을 몰수하고 그리스도교 개종 명령까지 내리게 된다.

　《베니스의 상인》에서도 알 수 있듯 당시에는 신체 저당 고리대금업도 있었던 모양이다. 오늘날 '신장 삽니다.'라는 화장실 낙서가 오버랩되는 장면이다.

　영어로 파산을 의미하는 bankrupcy는 이탈리아어 bancar-otta에서 왔다. '부서진 상인의 좌판' 쯤의 뜻이다.

돈키호테형 인간

여러 번 사업을 망하면서 '돈키호테'라는 말을 많이 들었다. 불가사리에 미치기도 했고 공업용 대마 제품에 미치기도 했다. 옥수수 플라스틱에 미치기도 했고, 대나무 섬유에 미치기도 했다. 네팔의 룸비니 동산에만 난다는 자이언트 쐐기풀nettl에도 미쳤었다. 그리고 파산의 직접적인 원인이 된 식물성 열경화성 수지(폐식용유나 유채 등 식물성 기름으로 만든 친환경 수지)에는 완전히 미쳐 있었다. 이 모든 소재들은 거의 제품화해서 팔아봤으며, 열경화성 수지는 실험실에서 여러 제품을 만들어 봤다. 이 과정에서 나와 비슷한 성향의 사업가들과 자주 어울렸다. 그들도 대부분 돈키호테 소리를 많이도 들었다고 했다.

실제로 인생을 이끈 책으로 나는 세르반테스의 소설《돈키호테》를 꼽는 것을 주저하지 않는다.

에스파냐의 국민작가가 된 세르반테스는 1547년에 귀족 출신의 집에서 태어났다. 그의 부친은 의사였지만, 경제에 대해선 무능하다 못해 1551년에 이르러 빚을 갚지 못해 전 재산을 차압당하고도 모자라서 감옥까지 가게 된다. 세르반테스의 유년시절은 거의 알려진 바가 없지만, 가난은 끈질기게 그를 따라다녔다.

세르반테스는 19세가 되던 해 최초의 창작품인 〈소네트〉를 발표했다. 그는 작가보다 오히려 군인으로서의 삶을 중시했는데, 에스파냐 군대에 자원입대해 '레판토 해전'에서 가슴과 왼손에 총상을 입어 '레판토의 외팔이'라는 별명을 얻기도 했다. 그 후 5년 더 복무하다가 28세 때에 퇴역을 결심하고 고향 에스파냐로 돌아오던 중 해적선의 습격을 받아 해적들의 노예로 5년간의 포로 생활을 하게 된다.

1580년, 에스파냐 국민이 그의 몸값을 지불하고 난 뒤에야 겨우 고향 에스파냐로 돌아왔다. 1584년에 결혼을 했으나 생계가 어려워진 그는 시와 희곡 소설 등을 써서 살았다. 어렵게 관리로 취직했지만 비리를 저질러 고발당한 뒤 감옥에 가기도 했다.

최초의 근대소설 《돈키호테》는 1597년 그가 옥중에서 구상했던 작품이다. 이 소설은 그가 57세가 되던 해인 1605년에야 출간되었고 대단한 판매고를 올렸다. 소설의 대성공에도 불구하고 그는 생활고로 인해 판권계약을 매절로 하는 바람에 경제적

으론 별 도움을 받지 못했다. 그는 1616년에 69세의 나이로 세익스피어와 같은 날 세상을 떠났다.

나는 늘 소설《돈키호테》에서 돈키호테가 남긴 말들을 상기하곤 했는데 그 말들은 다음과 같다.

"불가능한 꿈을 꾸고, 불가능한 적과 싸우는 것, 용기가 없는 곳으로 달려가고, 닿을 수 없는 별에 도달하는 것. 그것이 나의 운명이다."

"슬픔은 짐승의 것이 아니라 인간의 것이지만, 인간이 슬픔을 너무 많이 느낀다면 그는 짐승이 된다."

유리에 쓴 글

대형 유리에 스프레이로 쓴 글은 마음에 더 박힌다. 돌담이나 시멘트벽에 쓴 글보다 더 불안하고 아프다.

'생존권 투쟁, 끝까지 물러서지 않겠다, 물러가라.'

살인자 같은 글귀부터 '유리 깨짐 주의' 같은 문구에 이르기까지 그 글들은 유리를 통과하고 거리를 반사하며 그 앞에 선 이의 가슴을 투명하게 한다.

유리에 쓴 글들이 더 선명한 이유는 유리가 결국은 깨지기 쉽기 때문일 것이다. 그래서 나는 지하철 유리문에 쓴 시들을 아예 읽지 않는다.

시는 유리에 쓰는 게 아닐 것만 같은 까닭이 생겼기 때문이다.

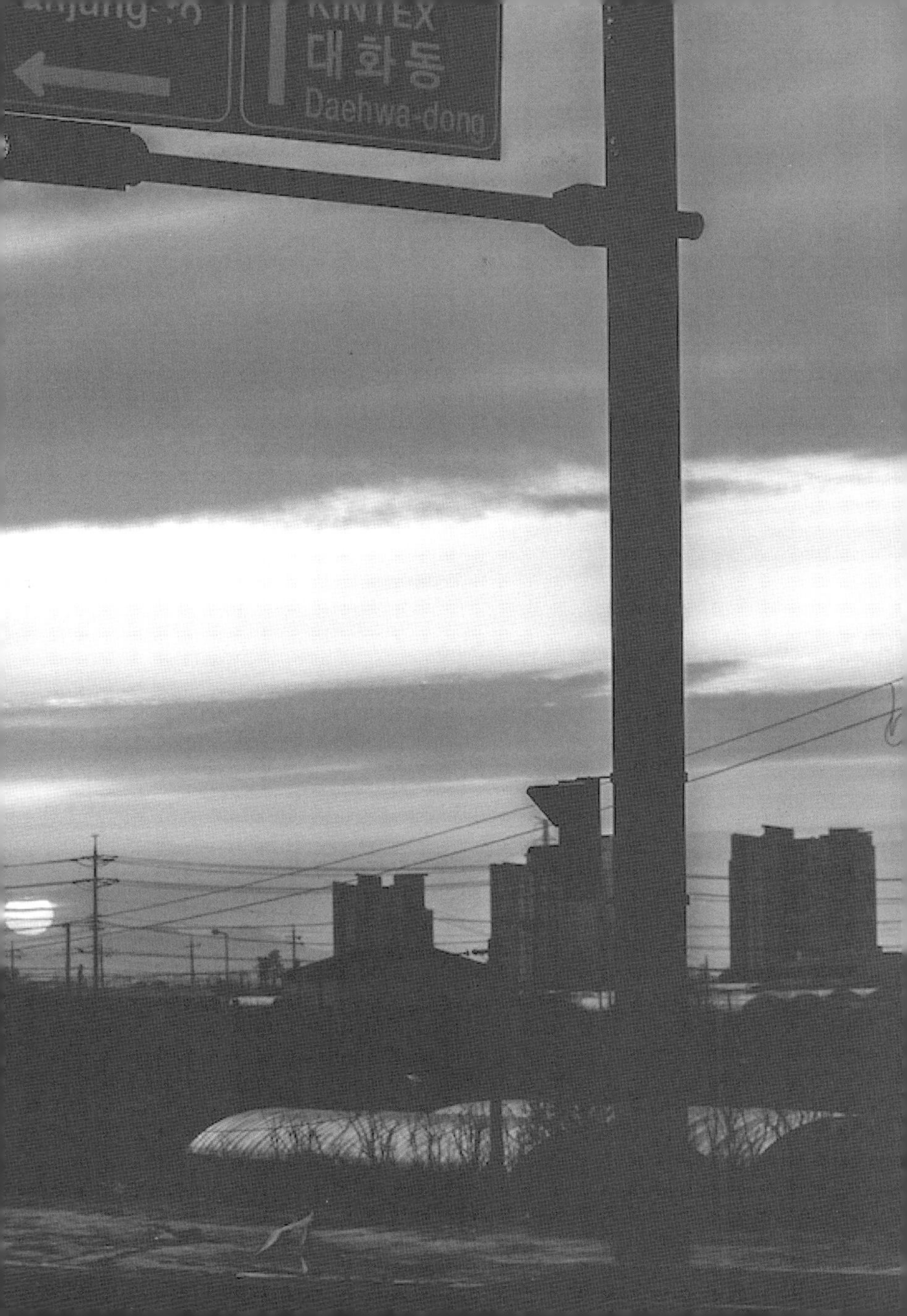
KINTEX
대화동
Daehwa-dong

1cm

분명 낮인데도 그에겐 밤이다. 햇빛이 그의 등에 앉아 있는 게 느껴지는데도 그는 밤의 한가운데에 있는 것 같다. 그 어둠 속에서 순식간에 생선 절단기와 그가 앉을 의자가 튀어나와 차려진 듯하다. 오십 걸음 밖의 바다가 느껴진다. 그는 그만의 어둠 속으로 손을 앞으로 뻗어 절단기 옆 스위치 버튼을 누른다.

"잘 아시죠? 어떻게 해야 한다는 거."

어느새 누군가 주문서를 들고 옆에 서서 있다. 그 뒤에 그가 뭐라고 말하였으나, '쉑' 절단기 톱날 돌아가는 소리에 섞여 알아듣지 못했다.

명태 65kg은 4cm, 23kg은 5cm 그것이 오늘 내가 해야 할 마지막 작업이었다. 병원이든 요양원이든 교도소든 마찬가지였다. 환자들과 죄수들은 4cm, 직원들은 5cm짜리 명태 토막을 준다는 거다. 1cm가 뭐라고 차별을 두었을까. 참 이 나라는.

해안선

　어두운 지하 술집에서도 반짝이는 인간의 눈빛을 발견하지 못한다면, 개인의 일상이란 것도 이미 황폐해진 것이다. 두려움은 이랬다. 이 지역의 사람들과 지루한 집들을 갑갑하게 여기면서도 여기서 살다 죽을 것이고 결코, 다른 원하는 곳으로 가지 못한다는 것을 알고도, 가끔은 내가 멀리 다른 곳에 있다고 생각한다는 점이다. 그리고 생각한다. 그래 다른 곳에 가서 나는 이곳으로 다시 돌아올 수 있을까.

달팽이집은 어떻게 생겨났을까

어느 날 몸뚱이만 있었던 달팽이는 자기 안으로 깊게 들어가 자신을 바라보고 싶었지. 달팽이는 처음에 그 방법을 몰라 자신의 몸에 점을 찍어보았어. 그 점에 자신의 인식을 덧씌우고 덧씌웠지. 거기에 세속적인 욕심이 있을 리 없었겠지. 자신을 파고 또 파고 그걸 또 돌려보았지. 아니 스스로 돌았다고 해야 하나. 그러다 보니 나선형의 자기 집이 생겼어. 각질이었지만 모두가 자신의 몸에서 나온 것이었어. 그 순간 자기 속으로만 들어가려던 달팽이는 놀랐어. 밖으로 나갈 수 있는 문도 생겨나 있었지. 달팽이의 유전자는 그때 알았던 거야. 안으로 자기 안으로 자꾸 들어가면 자신의 바깥에서 나가는 문도 동시에 생겨나고 생겨난다는 것을, 모든 건 동시에 이뤄진다는 것을.

Pt

그는 언제나 백금 반지를 손가락에 끼고 있었다. 러시아 출장 길에 산 것이라고 했다. 유능한 무역회사 간부였고 귀금속을 좋아했다. 그는 금보다 비싸다는 백금에 해박했는데, 백금의 용도가 기껏 자동차 배기가스의 촉매 변환장치에 절반 이상이 쓰인다는 사실에 대해 늘 분개했다. 그의 말에 따르면, 백금은 물질을 더 선하게 더 밝게 더 건강하고 순수하게 변환시키는 성질을 갖고 있다고 했다.

최근 고민이 생겼다는데, 젊고 유능한 부하직원들이 이제 그의 말을 씹는다는 것이었다. 서툴다 못해 이기적인 부하직원들을 바른길로 인도해야 한다는 신념으로 살아온 사람이었다. 물론 부하직원들이 보기엔 어처구니없는 얘기였다.

그가 이사 승진에 탈락되었다는 소식과 함께 베트남으로 발령났다는 얘기를 듣고 위로 차 전화를 걸었다.

"괜찮아요?"

그는 어색한 웃음소리로 답했다.

"의기소침할 필요 없어. 지구는 종말을 향해 가고 있으니까."

C

탄소는 우리 인체에 없어서는 안 될 매우 중요한 원소이다. 우리 몸을 구성하는 많은 유기화합물이 바로 탄소화합물이기 때문이다. 프리모 레비는 그의 명저 《주기율표》에서 남녀의 키스도 탄소가 시킨 것이라고 얘기하기도 한다. 인체를 분석해 보면 탄소는 인체의 무게 중 18%의 질량을 갖는다.

화학사업을 하면서 만난 한 화학자는 상대방과 마주 앉아 오랜 시간 얘기를 하다 보면, 탄소의 작용으로 서로가 가진 성질 중 20%가 넘나들며, 친밀성을 갖는다는 근거 없는 얘기를 했다.

탄소 100%의 결정체는 연필심에 쓰이는 흑연과 다이아몬드. 둘의 결정구조가 다르듯이 존재 또한 달라진다. 연필심은 닳아 없어지고 다이아몬드는 어느 날 감쪽같이 사라진다.

W

텅스텐은 백열등의 스프링을 만드는 데 쓰인다. 뜨거움에 오래 견디는 성질을 갖고 있다. 요즘은 백열등이 거의 사라지고 없지만, 화려한 네온사인의 도심을 벗어나 백열등이 켜진 한적한 동네의 가게 불빛을 보면 안도감과 평화로움을 느낀다.

백열등은 점점 나이가 들어, 화려했던 젊은 시절을 뒤로하고 물러나는 오십 대 이후의 사내들을 닮아 있다. 젊고 감각적인 것에서 밀려나 아직 자기가 필요한 곳에서 묵묵히 자기만의 빛을 품어 내는 백열등은 마치 어둠을 밀고 사람을 대신 앉게 하는 여유가 있다. 부둣가 파시에는 바다 안개와 어울려 줄줄이 난전 처마에 매달려 있어 고단과 행복이 친구 같은 것임을 일깨워준다.

보라! 나는 지금껏 백열등만큼 따뜻한 불빛을 본 적이 없다.

F

    플루오린(Fluorine)이란 이름을 가진 불소는 그 성질이 사납고 난폭한 원소이다. 다른 화학종과의 반응성이 놀랍도록 세며, 그들의 진자를 뺏어오는 데도 따라올 원소가 없다. 다이아몬드를 자를 때도 쓰지만, 치아와 밀접한 관련이 있다. 이 원소의 성질과 닮은 바다 동물이 있다. 상어의 날카롭고 무자비한 이빨에선 지속적으로 불소가 흘러나와 상어의 이가 부실해지는 법은 없다. 강한 것은 오직 강한 것에서만 나온다.

Kr

한국 이름을 딴 가상의 원소다. 코레아늄으로 일단 명명해보
자. 아직 발견되지 않은 원소이다. 무엇이든 이루려면 먼저 이름
을 붙여놓아야 한다. 주기율표에 등재된 118개의 원소 중 국가
이름을 딴 것은 게르마늄(독일) 폴로늄(폴란드) 프랑슘(프랑스) 아
메리슘(미국) 등이 있고 2016년에 아시아에서는 처음으로 일본
의 니호늄(nihonium)이 등재되었다.

최근에 발견되는 원소들은 눈에 보이는 원소들이 아니라 핵
융합 반응으로 합성 또는 특수가속기에서 광속으로 돌려 얻은
것이다. 우리 정부가 기초과학에 눈을 조금만 돌린다면 새로운
원소를 발견할 수 있다.

젓가락질만 잘할 게 아니라 무엇이든 돌리는 것도 잘해야 하
지 않는가.

H

　우주에 최초로 등장한 비금속 원소이다. 우주의 75%가 수소이며 태양은 거의 수소폭탄이라 할 만큼 수소로 이루어져 있다. 두 개의 수소 원자가 산소 원자와 만나 물(H_2O)을 이룬다

　산소 원자 없이 두 개의 수소 원자 그 자체는 불에 타는 가연성을 가진 연료 (화기 엄금) 이다. 수소라는 이름을 처음 명명한 사람은 16세기 연금술사 파라켈수스. 금속을 산에 녹일 때 기체가 발생한다는 사실을 발견하고 이 기체를 수소라고 명했다.

　화학 사업을 할 때 같이 일했던 박 상무는 지금으로부터 40년 전 미쓰비시 화학에 입사할 때 면접관에게 입사하면 물로 가는 자동차를 만들겠다고 해서 합격했다는 일화를 들려줬다.

　현재 수소자동차가 나오고 있고 얼마 지나지 않아 물로 가는 자동차가 현실화될 것이다.

　수소는 태양처럼 자체적으로 타고 폭발하는 성질을 갖고 있다. 그러나 두 개의 수소가 산소 한 개를 만나면 생명의 근원인 물이 된다는 흥미로운 사실을 잊지 말자. 수소水素라는 이름에는 '물의 재료'라는 뜻이 있다.

Ga

금속 중 가장 신기한 원소를 가지고 있다. 갈륨은 손바닥에 쥐고 있으면 그대로 녹아서 액체가 되는 희귀한 금속이다. 마술에도 응용할 수 있다. 은색 금속인데 수저를 만들어서 따뜻한 녹차 잔에 담그면 금방 사라진다. 실온보다 조금 높은 29도가 되면 용해되어 버리는 것이다. 1875년 프랑스 화학자 부아보드랑에 의해 처음으로 분리되었다. 반도체 스마트폰 등과 발광다이오드에도 쓰인다. 영화 '터미네이터'의 액체금속 로봇 T-1000의 몸체가 갈륨을 소재로 한 것이다. 갈륨은 29도에 잘 녹지만, 잘 타지도 않는다.

Ti

제련도 가공도 잘되지 않는 은백색의 금속이다. 개인적으로 가장 좋아하는 금속 원소이다. 스따(스스로 따돌림)의 기질을 갖고 있다. 강철의 무게 60%밖에 되질 않지만 가볍고 단단하여 쓰임새가 아주 많다. 거의 녹슬지 않는 장점이 있어 산업에서 합금으로 많이 쓰인다. 1791년 그레고르가 강가의 하천에서 발견했다. 티타늄 합금은 고속 항공기 부품으로 주로 쓰인다. 우주선 미사일 선박 부품으로 쓰이며 인공 뼈 등으로도 이용된다. 다른 금속과 달리 불꽃을 일으키면 흰 불꽃을 낸다. 중요한 미래의 신소재로 목걸이 팔찌 반지 등을 만들기도 한다. 티타늄이란 이름은 그리스 신화에 나오는 신들, 크로노스 등 거인족의 이름을 따 '티탄Titan'이라고 불리기도 한다

멘델레예프

드미트리 멘델레예프(1834-1907)는 화학의 문법이라 불리는 주기율표를 만든 천재 화학자라고 알고 있지만, 사실은 레오나르도 다 빈치처럼 융합형 천재과학자이다. 그는 도수가 천차만별이었던 보드카를 40도 정도에 맞춰 통일하였으며 바다 얼음을 깨고 나아가는 북극 쇄빙선을 처음으로 연구했다. 또한 천연가스 탐사와 유전 탐사에까지 손을 댔다. 물리학자이자 천재 화학자 유체역학 기상학 지질학 화학공학 항공학 분야에서도 탁월한 연구들을 발표했다. 부인과 이혼하고 젊은 부인을 얻었을 때 러시아정교에서는 이혼 후 7년이 지나야 결혼을 인정해줘 그가 중혼 상태에 있을 때 사람들의 비난이 쇄도하자 러시아 황제가 이렇게 말했다. "그래. 멘델레예프는 두 명의 부인을 가졌지만, 나는 단 한 명의 멘델레예프를 가졌네."

새우

새우는 죽어서야 등을 굽히고
시장 사람들은 죽어서야 등을 편다.

다행이다. 바다 곁의 이야기라서.

거미

오랫동안 창고로 쓰던 일 층 가게 셔터를 올렸을 때였다. 셔터 오른쪽 끝에 거미집이 있었는데 별 생각없이 나는 셔터를 올리고야 말았다. 그때 거미집 깊숙이 숨어 있던 거미 한 마리가 놀란 채 황급히 거미집을 나와 밖으로 달아났다. 그 표정을 보고 싶었으나 보지 못했다.

느닷없이 셔터의 주름에 짓눌린 거미집이 순간 집이 아니라 거미와 한 몸인 거미의 바깥이었구나 싶었다.

거미의 옷이었구나. 알몸으로 황급히 뛰쳐나간 거미는 어디로 가서 새 옷을 다시 지을까. 바깥과 안이 다르지 않은 거미. 거미 새끼는 공중에 거미줄을 탁, 쏘아 올린 뒤 그 거미줄 끝점을 붙잡고 바람을 기다려 공중을 날아 이동한다. 나는 그런 경지의 문장을 본 일이 없다.

울고 있는 사람에게

가을 아침 하늘

친구가 씌운 누명을 쓰고 폭행을 당하고도 변명하지 않은 친구가 있다. 그는 이제 중년에 접어들었다. 지방의 여고 선생이 되었다고 한다. 가을 아침 갓 생성된 듯 맑은 구름과 하늘을 우러러니 갑자기 그 친구 생각이 났다. 나는 쓰던 작법作法을 버리고 타인의 문장 패턴을 살펴보는 일도 그만두었다. 그 친구를 몇번 만나서 밥 먹고 술을 마시면서 나는 "왜 아니라고 말하지 않았느냐."고 묻지 않았다. 그 후 나에게도 그런 일이 일어났다. 나는 이 친구를 오마주하고 싶어서 아무런 변명도 하지 않았다. 나는 쓰던 책상과 무지無紙 노트와 갖고 있던 책들을 모조리 버렸다. 갓 우주에서 태어난 듯 신선하고 맑은 가을 하늘을 우러르면 누명을 쓰고도 아무런 변명도 하지 않고 홀로 술을 마시던 친구 생각이 난다. 나는 친구의 일이, 그 마음이 내가 해석할 수 없는 먼 세계의 패턴일 것이라고 생각했다.

우산

　우산을 쓰고 가면 일회용 우산만 보인다. 투명한 비닐우산을 쓰고 가면 우리도 일회용인데요 뭘, 젊은 청년의 말이 비닐우산처럼 펼쳐진다. 비닐 같은 바다를 본 적이 있고 비닐로 만든 숲 속의 집을 그려 본 적도 있다. 단, 일 년 내내 비가 내릴 것. 그 숲속엔 언제 사라지거나 날아가도 좋을 나의 비밀들이 독버섯처럼 자라고 있지만, 일회용도 오래 쓸 수 있어, 아침의 비누와 칫솔이 그렇지, 일회용 비닐우산을 쓰고 가면 단 한 번의 기쁨도 단 한 번의 사랑도 다시 일회용이 되어 비처럼 흐른다. 나도 누군가에겐 일회용 생이었을 듯, 나는 일회용 시를 쓰는 사람이지만 맞은편 거리에서 여러 번 쓸 수 있는 우산을 들고 네가 아직도 기다리고 있을 환영만 믿고 간다.

법원 앞

지은 죄도 없는데 법원 앞을 지날 때마다 주눅이 든다는 사내와 점심을 먹었다. 부도와 실직의 줄에 나도 서 본 적이 있어서 밥 반 공기를 덜어 주었다. 파산하러 온 사내들과 여자들의 줄엔 휠체어도 보였고 목발도 보였고, 츄리닝과 넥타이도 보였다. 그 어떤 말도 약간의 현금도 위로가 되지 않는데 희미한 신의 음성, 잘했던 일도 있어 이제 제로라며, 이제 자유야.

그런 음성들이 위로가 되었다는 말을 해주지 못했다

누군가는 한강에 가고 누군가는 야산에 가고 누군가는 오토바이 배달에 세탁 알바에 편의점 야간 알바를 갔지만, '어디서 무엇이 되어 다시 만나랴.'는 말이 그렇게 우습더라는, 너의 말에 저녁이 온도를 바꾸며 자꾸 오고 있다.

칼과 언어

높은 것을 쓴다. 한 편 두 편 써 내려갈수록 올라 있는 계단 같은 것 오를수록 낮음을 느끼는 사다리 같은 것. 후회는 흐르고 흘러 강이 되어 지나간다. 높디높은 후회가 도처에 있다. 유명은 명命을 달리할 수 없는 것이다. 칼이 지나간 자리엔 잠시 칼이 되어 있는 것이 있다. 그것이 두부든 사과의 단면이든 너 있는 곳에 당도하면 가장 먼저 눈을 감을 것이다. 뜬 눈엔 너가 보이지 않을 것이다. 너의 언어로 나를 쓴다. 이제 견딜 만하다. 밤의 언어들 언어가 지나간 자리엔 잠시 언어가 되어 있는 것들이 있다.

자연

바위와 바위 위를 부는 바람과 풀과 나무들 사이를 타고 흐르는 기운들을 그냥 자연이라고 부르는 건 우리가 너무 궁색해서 한 발짝도 쉽게 나아가지 못하기 때문이지.

자연은 무얼 말함이고 무엇을 지금도 쉴 새 없이 말하고 있는 걸까. 너는 또 자연으로 간다고 하는구나 내가 생각하는 자연이란 이렇다. 인간은 다른 세상으로 잠시 가려면 헬멧을 쓰고 우주선을 타고 지구 밖으로 나서야 하고, 물속에서도 장비를 들고 뛰어들어야 하지만 남해안 바다 숭어는 아무렇지 않은 듯 힘찬 몸놀림으로 물을 뚫고 뛰어오르고 있지.

숭어의 기쁨과 환희를 인간인 우리가 어떻게 알겠는가. 물 밖으로 뛰어올라 야호! 하는 숭어의 소리를 들은 때가 있다. 그때 나는 그것이 정말 자연이라고 감탄하며 외쳤다.

모르는 개 산책

　모르는 동네 강아지와 산책을 한다. 나는 입마개를 하고 개는 혀를 날름거리며 주위를 빙빙 돈다. 그동안 나는 쉴 새 없이 무언가를 물며 살았나 보다. 신이 입마개를 씌우고 나를 데리고 다닌다. 모르는 개는 서서 있는 것, 마당에 다리를 치켜들고 오줌을 흘린다. 유월 한낮 꽃들은 다 졌지만, 꽃들은 다시 예비되어 있다. 예비되어 있다는 것은 참혹하다. 꽃을 기다리다 지는 것이 좀 많으냐. 나도 예비되어 있다. 명작은 비극, 그것에 안도한다. 모르는 개와 산책을 한다. 키웠다고 해서 다 알 리가 없다. 모르는 개는 다시 다리를 치켜든다. 마치 그곳에 또 다른 존재가 있다는 듯이.

봄밤은 어렵다

꽃잎의 그늘과 놀다 밤이 되었다. 봄밤은 어렵다 끝내 풀지 못하고 졸업한 수학 문제 같다. 이봐요 말한다. 이봐요 다시 말한다. 고작 그 말을 해보고 싶어서 한 시간을 걸어왔다.

관계, 관계, 관계, 봄밤의 관계에 대해 생각한다. 나는 연인의 사라짐을 곁에 두고 살아왔다는 것.

사랑이든 그 어떤 일이든,

꽃잎의 그림자가 간 방향에 대고
이봐요 말한다.
봄밤은 여전히 어렵다.
옛일이 모래가 되는 창문을 열어야 하는 봄밤이 다시 왔다.

바다 폐선 봄

해안도로 안개는 해안이 거느린 둘레만큼 펼쳐지다 돌아간다. 한 며칠만, 한 며칠만 살아보겠다고 온 육지 사람들은 바다에서 밀려온 돌을 주웠다가 도로 내려놓고 밤새 마신 술에 벽지를 뜯어놓은 듯 한 문장을 들고 바다에 빠졌던 마음을 건져 돌아나오면 잊었는가 길고 검은 머리를 가진 소녀의 짧은 봄노래가 내게로 와서 끝을 맺는다.

내가 한 말과 하지 않은 말

잠 속에서 말했다고 한다. 내가 나였다가, 나 아닌 듯이 말했다고 한다. 여기는 도대체 어디인가. 아무것도 기억나지 않았다 꿈도 없었다. 그러나 내가 분명 말했다고 한다. 그동안 나는 머리맡에 별들이 우수수 떨어져 살아 기어 다니고 땅이 튀어 오르고 빌딩은 왜곡되어 거꾸로 서고 가도 가도 옥수수밭뿐인 그런 일이 일어났다고 믿었다 믿고 있었다. 버스가 서고 택시가 충돌하고 우산은 버려진 채 나뒹굴고 사라진 사내도 폭우 속에서 보였다고 믿었다.

30년 만에 돌아온 거리에서 여전히 횡단보도 맞은편 금과 은과 보석 시계가 있는 금은방 통유리 너머에 앉아서 신문을 읽으며 어느새 이 거리의 지물이 된 대머리 늙은 사내를 생각했고, 종일 뛰어다녀야 밤에 도착할 수 있다고 다시 운동화 끈을 조이는 청년도 생각했었다고 믿었다.

도착하는 일 걷는 일, 달리는 일 출발하는 일, 진 꽃이 다시 피고 꽃봉오리로 갔다가 푸른 잎에서 마른가지로 서 있는 일도 너의 집엔 내가 하지 않은 말들이 액자로 걸리어 걸린 벽이 아직

그대로인 일도 믿었다. 내가 하지 않은 말을 찾아서 하필, 비 오
는 날 시외버스를 타고 해안도시를 갔었다. 아무것도 쥐고 가지
않았지만 나는 위험했다. 말를을 찾아서, 말을 찾는 동안 나는
위험했다.

　　잠 속에서 내가 말했다고 한다. 내가 나였다가 나 아닌 듯이
말했다고 한다. 나에겐 돌을 얹어놓은 노래가 있다고 내가 하지
않은 말이 나를 결국 완성할 거라고.

발문

나무는 문이 되고 지붕이 되고 종이가 되고 문자가
된다고 절에 사는 사람이 말했다
만물이 발문이라고

오랜만이었지만 짧은 통화
그냥 놀러 오라고 절에는 제 2의 언어들로 가득한 곳이라고
그는 나무문을 밀며 말하고 있음이 틀림없었다.

삐걱대는 소리가 들린다는 게 다른 언어를
듣는 듯했다.

영하 20도를 삼키고 바람을 삼키고 끝도 없는 빗속에서도
물에 잠긴 채
틔운 물속의 잎사귀 하나 같은 게
그 절에는 있을 것 같았다.
눈길의 붉은 꽃잎 여러 개도

나는 언젠가 가겠다고 대답했다

언젠가 가겠다는 날들 속에
아침 출근이 있다.

하나의 발문이라고
말하지 않았다

고막

　사람이 울고 있으면 내 고막이 하얘진다. 듣는 자에게도 앞 사람의 사막이 보인다. 고막도 하나의 막 누군가의 울음에 찢어질 듯 울리다가 바깥과 안의 나무문이 되어 삐걱거린다. 혼자 있는 방은 공기 방울같이 둥글고 귀만 살아 있다. 산 아래 마을에서 시작한 빗소리도 귓가에 닿으면 하얘진다. 병원에 가 귀를 고치고 당분간은 견디고 지낼 만한 고막 한 채 얻었다. 어서 가자.

13월 1일

고양이가 있었다
엎어진 화분 옆에 비둘기가 있었다
새가 날았다
구름이 몰려왔다
개가 바닥을 킁킁댔다
자전거가 지나갔다
기차가 오고 있었다
눈이 내리기 시작했다
주점의 등이 켜졌다
나는 돌아왔다
네가 등진 자리마다
13월 1일이라고 썼다.

울고 있는 사람에게

사람의 슬픔이란
다 각자의 계단을 갖고 있어서
오르기도 하고
내려가기도 하다가
결국은 비극을 맞게 되지만,
비극이라는 것만큼
안심되는 건 없지
나는 불완전한 물질을 사랑했네
있으려 하는 것
있었던 것
소멸되는 것
진지한
엄숙한
유쾌한
물질들,
그 어떤 드라마 연기도

내장이 먼저 뜨거워져야
눈물이 나온다
당신은 속이 뜨거운 사람이구나
그럼 됐어.

고체와 액체

고체는 액체 곁에 있고 싶어 한다. 어떤 밤엔 와인 같은 붉은 액체를 담고 등빛을 반사하고 싶어 한다. 한강뷰와 바다뷰, 빌딩들도 흐르고 싶어 한다. 밤이 온다. 빌딩들은 흑막에 묻히지만 물은 여전히 흐른다. 아마 너는 눈물을 견디고 있다가 하필 버스 안에서 쏟더구나. 그 눈물을 담아 와선 내가 돌아와 내 방에 흐르게 했다는 건 모를 거야 너는,

글 성윤석

서울과 수도권에서 석유를 원료로 하여 만들어진 것들을 식물 기름으로 바꾸는 열경화성 식물 수지 벤처기업을 하다가 망했다. 그 후 지방 어시장에서 오토바이를 3년 반 탔다. 지금은 창원에서 작은 자영업을 하고 있다. 기자, 공무원, 벤처기업 대표, 묘지관리인, 부두 노동자 등을 전전했다.

1990년 〈한국문학〉 신인상을 받고 작품 활동을 시작, 시집《극장이 너무 많은 우리 동네》(문학과지성사)《공중묘지》(민음사)《멍게》(문학과지성사)《밤의 화학식》(문예중앙)《2170년 12월 23일》(문학과 지성사) 등 다섯 권을 펴냈으며, 장편 동화《연탄도둑》(생각하는창)을 쓰기도 했다. 박영근 작품상, 사이펀 문학상, 김만중 문학상 대상을 받았다.

사진 최갑수

20년 동안 여행기자와 여행작가로 일하며 〈조선일보〉, 〈한거레〉, 〈경향신문〉, 〈세계일보〉, 〈서울신문〉, 〈한국경제신문〉, 〈매일경제신문〉, 〈론리 플래닛〉, 〈더 트래블러〉, 〈트래비〉 등 신문과 잡지에 여행 칼럼을 썼다.

당신은 나로부터, 떠난 그곳에 잘 도착했을까

2021년 12월 22일 초판 1쇄 발행

지은이 성윤석
펴낸이 김상현, 최세현 **경영고문** 박시형

편집인 정법안 **디자인** 임동렬
마케팅 임지윤, 양근모, 권금숙, 양봉호, 이주형, 신하은, 유미정
디지털콘텐츠 김명래 **경영지원** 김현우, 문경국
해외기획 우정민, 배혜림
펴낸곳 (주)쌤앤파커스 **출판신고** 2006년 9월 25일 제406-2006-000210호
주소 서울시 마포구 월드컵북로 396 누리꿈스퀘어 비즈니스타워 18층
전화 02-6712-9800 **팩스** 02-6712-9810 **이메일** info@smpk.kr

쌤앤파커스(Sam&Parkers)는 독자 여러분의 책에 관한 아이디어와 원고 투고를 설레는 마음으로 기다리고 있습니다. 책으로 엮기를 원하는 아이디어가 있으신 분은 이메일 book@smpk.kr로 간단한 개요와 취지, 연락처 등을 보내주세요. 머뭇거리지 말고 문을 두드리세요. 길이 열립니다.